시끄러운 시집

※이 책은 순천시 도서관운영과 '2024년 시민책 출판비 지원 사업'

으로 일부 지원받아 제작하였습니다.

시끄러운 시집

윤고은 지음

바른북스

이 기록은 아주 오래전부터 혼자만 간직하던 것이었습니다. 10년 이상 묻혀있던 날것의 서투른 글귀가 세상 밖으로 나올 수 있도록 용기와 도움을 준 최민영 님, 곽민정 님, 여러 선생님께 감사드립니다.

존경하는 와명 선생님.
그리고 이 책의 독자님과 사랑하는 모든 분께 감사를 전하며, 항상 평안하길 바랍니다.

호작 윤고은 올림

차례

들어가며

제1막: 초대

라벤더 에그 12

피아노 소리 13

물 위에서 14

독약을 만드는 방법 16

세상을 삼킨 고래 18

천둥새 20

알 22

청개구리 24

상자거북 25

부엉이 26

논병아리 27

한 쌍 28

깃 30

이름 모를 물고기 32

하마 33

악어 34

제2막: 첫 번째 방

산 우는 소리 ⋯⋯⋯⋯⋯⋯⋯⋯⋯⋯⋯⋯ 36

인과(因果) ⋯⋯⋯⋯⋯⋯⋯⋯⋯⋯⋯⋯⋯ 38

행복한 집 ⋯⋯⋯⋯⋯⋯⋯⋯⋯⋯⋯⋯⋯ 40

숨쉬기 ⋯⋯⋯⋯⋯⋯⋯⋯⋯⋯⋯⋯⋯⋯ 42

허리 펴기 ⋯⋯⋯⋯⋯⋯⋯⋯⋯⋯⋯⋯⋯ 43

야생 ⋯⋯⋯⋯⋯⋯⋯⋯⋯⋯⋯⋯⋯⋯⋯ 44

밥 ⋯⋯⋯⋯⋯⋯⋯⋯⋯⋯⋯⋯⋯⋯⋯⋯ 46

세상을 녹이는 비 ⋯⋯⋯⋯⋯⋯⋯⋯⋯ 47

거식증을 앓는 여자를 상상하며 ⋯⋯ 48

딱지들 ⋯⋯⋯⋯⋯⋯⋯⋯⋯⋯⋯⋯⋯⋯ 50

꼬리 자르기 ⋯⋯⋯⋯⋯⋯⋯⋯⋯⋯⋯⋯ 52

어떤 예민함 ⋯⋯⋯⋯⋯⋯⋯⋯⋯⋯⋯⋯ 54

비극 ⋯⋯⋯⋯⋯⋯⋯⋯⋯⋯⋯⋯⋯⋯⋯ 56

백조와 흑조 ⋯⋯⋯⋯⋯⋯⋯⋯⋯⋯⋯⋯ 58

오리너구리가 말을 할 수 있다면 ⋯⋯ 60

아홉수 ⋯⋯⋯⋯⋯⋯⋯⋯⋯⋯⋯⋯⋯⋯ 62

몽돌 ⋯⋯⋯⋯⋯⋯⋯⋯⋯⋯⋯⋯⋯⋯⋯ 63

꿈 ⋯⋯⋯⋯⋯⋯⋯⋯⋯⋯⋯⋯⋯⋯⋯⋯ 64

제3막 : 두 번째 방

시끄러운 시집 ……………………… 66

일상 ……………………………………… 67

공범 ……………………………………… 68

파편-1 …………………………………… 70

은어 떼 …………………………………… 72

초록 법정(法庭) ………………………… 74

식탐 ……………………………………… 76

작은 왕의 슬픔 ………………………… 78

'나' 만들기 ……………………………… 80

만남 ……………………………………… 82

여우와 신 포도 ………………………… 84

청소 ……………………………………… 86

각자의 온도 …………………………… 88

신호 ……………………………………… 90

선팅 ……………………………………… 92

순결 ……………………………………… 93

파편-2 …………………………………… 94

색안경 …………………………………… 96

혼자가 좋아? ……………………… 98

경쟁사회 ……………………………… 100

뒤로 감기 불가능 …………………… 102

광기선망 ……………………………… 104

감정 읽기 ……………………………… 106

화가 넘실거릴 때 …………………… 108

가시 …………………………………… 110

늦은 밤 ………………………………… 112

장막 …………………………………… 114

가면극 ………………………………… 115

언어 …………………………………… 116

걸러내기 ……………………………… 118

망각 …………………………………… 120

파편-3 ………………………………… 122

중력 …………………………………… 124

무게추 ………………………………… 126

우울 …………………………………… 128

시간여행으로의 초대 ………………… 129

제4막 : 닦으며

안개 사이로 132

세상 연출하기 134

철학과 관상 136

거울 마주하기 138

다짐 139

무게 140

욕심쟁이 142

품격 144

다른 얼굴 145

나쁜 선의 146

용서하지 않을 권리 148

어른 150

미성숙 151

신발 끈 152

커피 내리는 방법 153

불안과 함께 사는 법 154

현명한 기버(Giver)가 되는 법 156

어떤 흐름 158

열심과 욕심 160

분갈이 162

제1막 : 초대

라벤더 에그

부활절 달걀 혹은 마트료시카
살았는지 죽었는지 썩었는지 비었는지
안쪽은 아무도 모른다
보이는 것은 보랏빛뿐
화려한 듯 음울한 듯 퍼져있는 저 색상은
마치 독버섯을 연상케 한다

아니 잠깐 이거 곰팡이 아냐?

먹으면 죽을지도 몰라
아냐 봐봐 계란이잖아
보라색 계란이 어딨어? 상한 거라니까?

궁금하다면 먹어보는 게 답이지
이것이 무엇인지 그 자신도 모르니
어디가 끝이고 무엇이 들었는지는 운명에 맡겨보자

피아노 소리

건반이 눌린다
한 음 한 음마다 누군가 명치를 쥐어 잡는다
애달픔인지 무엇인지
이유를 모른 채 나는 점점 계단 아래로 내려간다
계단은 물에 잠긴 채 나를 초대한다
자, 심장 소리에 귀 기울여 물속에 누워보렴

아, 세이렌이 사는 물인가보다

두근거림인지 발걸음인지 모를 진동만 퍼져나간다

물 위에서

물가에서 나고 자랐으니
당연히 헤엄을 칠 줄 안다고 생각했다
지금은 못 해도 언젠간 둥둥 뜨겠거니

하지만 엄마
나는 계속
가라앉고 있어요
발버둥 치고 있는 거예요

괜찮아 원래 그렇게 크는 거란다

진짜요? 엄마도 이렇게 무서웠나요?
엄마도 이렇게
죽을 거 같았나요?
엄마 나는 오리가 아닌가 봐요

내 배로 낳았는데 네가 오리가 아닐 리가 없잖니?
그럼 좀 더 발버둥 쳐볼게요

그럼 엄마
내가 가라앉으려거든 잡아줘야 해요?
내가 뜰 때까지 어디 가면 안 돼
알았죠?

독약을 만드는 방법

독약은 사람을 죽인다
마녀는 항상 녹음기를 들고 다닌다
사람들 속에서 온갖 독한 말을 수집한다
그래서 마녀는 도시에 산다
도시는 모두가 예민하니까

온갖 소음과 저주
욕지거리와 비난
무시의 종합세트!

마녀는 큰 솥에 허브를 땔감 삼아 피우고
독한 말들을 쏟아붓는다

졸이고 졸이고 또 졸인 말은
평생
마음에 걸려서 빠지지 않은 채 염증을 일으키는 독약
이 된다

누군가를 상처 주고 싶은 사람은 차고 넘치기에
오늘도 마녀의 독약 선물세트는 매진이다

물론 달콤한 쿠키는 서비스로.

세상을 삼킨 고래

고래는 세상을 삼켰다
피노키오의 세상은 고래의 뱃속이었다
피노키오는 거짓말을 했다
고의든 고의가 아니든
그의 코는 점점 길쭉하게 길어져만 갔다
그의 무지 또한 결국은 거짓이었으므로

기다란 나무 코는 얼마 지나지 않아
고래의 뱃가죽에 닿았다
나무 코는 점점
뱃가죽을 뚫고 들어갔다

고래는 통증에 몸부림쳤고
그때마다 세상은 요동쳤다

맞닿은 부분부터 차츰차츰 썩어 들어가기 시작하고
고약한 냄새가 고래의 뱃속
가득 흘러넘치다 못해 스멀스멀 삐져나왔다

부패한 살점은 무너져내리고
뱃속의 세상은 더 넓은 세상이 되었다

새로운 세상에 피노키오는 입이 찢어지도록 환호했다

제페토 할아버지를 붙잡고
이제 우리는 이곳을 나갈 수 있게 되었다고
새로운 세상이 우릴 반겨줄 거라고
웃음 지었다

천둥새

불현듯 번쩍
하는 날이 있다

순간 세상이 뒤바뀌고
이전으로 돌아갈 수 없는 때가 되기도 하고
그렇게 바뀐 세상이 또
한 번 뒤집어지기도 한다

그럴 때는 이전의 내가 소멸되었음을 느낀다

천둥새는 여름과 겨울에 전혀 다른 모습으로 변모한다
도저히 같은 개체라고 보기 어려운 외양이지만
변한 것은 외형뿐

삶의 방식과 습성, 생태는 고스란히 남는다
꾸준히 변화하며 살아남기를 반복한다

환경에 적응하려 털갈이를 하고

서식지를 이동하기도 하건만
천둥새는 어째서
벼락이라도 맞은 듯한 변화를 하게 되었을까

그래서 천둥새라 불리게 된 것일까
무엇이
그들의 세계를 뒤집어버렸을까

알

무한한 가능성
생명의 원천
원시의 상태
미성숙 혹은 시작점으로 여겨지는
알이라는 것

그것은 마치
랜덤 뽑기

뭐가 나올지 모르니까
그리고 그것이 어떻게 될지도
살아남을까 아닐까
어디까지 생존할 수 있을까

한 번 깨어나면,
알이 된 순간부터 부여된
미래라는 시간은 데굴데굴 굴러갈 테지

뽑기란 그런 것이다
원치 않아도 받아들여야 하는 때가
반드시 온다

청개구리

어린 꼬마는 청개구리를 무서워했다
청개구리는 제 손에 올릴 수 있을 만큼 아주 작았지만
쉴 새 없이 움직이는 두 눈과
어디로 튈지 알 수 없다는 점에서
다른 어떤 존재보다
더없이 공포스러웠다

길가에서도
물속에서도
나무 위에서도
풀잎에도
초록은 어디에나 있으니까

과거의 그 꼬마는 지금도
여전히 청개구리를 무서워한다

통제할 수 없는 그 자유로움이 나를 두렵게 한다

상자거북

고개를 내밀어 공기의 냄새를 맡고
네 발로 땅을 짚고 서다가도
상하좌우를 모두 틀어막고 혼자일 수밖에 없는
네 예민함이 매력적이야

자기만의 방 안에서
그 작은 우주에서 심호흡하는 네가 궁금해

억지로 끄집어내면
넌 죽어버릴 거야

네가 얼굴을 내밀 준비가 된다면
그 밖으로 나와 교감하겠지

그러니 나는
이 자리에서 네가 나오길 기다릴 수밖에

부엉이

응시하는 시선
너는 항상 똑바로 무언가를 바라보지
하지만 묻지 않고 바라보는 그 침묵이
조금은 무섭기도 해

네 시선의 끝은 나일까 아니면 다른 존재일까
나는 네게 사냥의 대상일까 아닐까
만약 네가 내게 무언가를 묻고 싶은 것이라면
높은 확률로 나는 도망치고 싶어질 거야

나는 숨기고 싶은 게 많은
네 대답에 답할 용기도 없고
죄책감을 안은 채 도망치려는 피식자니까

그러니 가끔은 모른 체 해주지 않으련?
내가 살 수 있게끔

논병아리

남쪽의 흔한 겨울새 논병아리는
논병아리과 중에서도 가장 작다
물 위를 걸을 뿐
날지도 못한다

날지도 못하고 작기도 작아서 새가 아닌
논병아리라 이름 지어졌나 보다

어미 등에 안겨 살던 새끼가
어엿한 성체가 되어 각기 물에 뜨니
그게 곧 독립이라

병아리일지언정 어엿한 조류로구나

한 쌍

사람들은 하나는 외롭고 둘이어야 행복하다고 말한다
둘로부터 하나가 시작되어 셋이 된다고들 하지만

결국
또 다른 하나의 시작일 뿐이다

어쩌면, 둘처럼 보이는 저 각각이
사실은
아무 연이 없는
'하나'일 수도 있다

어떻게 하나가 둘로부터 왔다고
자신할 수 있을까?

깃

나를 좀 보라는 듯
유난스레 화려한 아이들이 있다

평범함을 지루함으로 여기는 것인지
볼품없거나 특색이 없는 것으로 여기는 것인지
화려함으로 존재감을 과시하려는 깃들

꾸미는 만큼 보여지는 것 또한 많을진대
모난 돌이 되기를 두려워하지 않는 것일까

아니면 존재감의 과시나 구애가 더 중요할 뿐일까

그것도 아니라면
화려한 깃 속에
여린 살이라도 감추고픈 것일까

화려한 외양은 항상
어딘가 비밀스럽고

연약하며
초라해 보이기만 한다

이름 모를 물고기

언제나 촉각을 곤두세우고서
포식자의 물결에 흩어지는 피식자들

매 순간이
긴장의 연속인
예민한 존재들

화려한 외양 탓에 그보다 더 화려한
해초 사이에 숨어
그림자가 지나길 기다리는
가련한 거품들

한숨과도 같은 거품들만 뽀글뽀글
내뱉으며 사는구나

하마

만약 하마를 만난다면
바로 도망쳐야 해
둔해 보이는 외형과 달리 아주 포악한 성질을 가졌거든

조용히
물 위로 눈을 내밀고 기회를 노리는 물속의 사자

그 머리 위에 무언가 올라선다면
아무런 위협이 되지 않는
작디작은 개체일 거야

예민하고
공격적인 심기를 거스르지 않을 만큼
아주
아주
약한 생명이

악어

무는 힘은 강력하지만
상대적으로 입을 여는 힘은 약해

그래서 사람은 네 입 위에 올라타
입을 벌리지 못하게 누르거나
입을 동여매는 것으로 제압하지

가장 강력한 무기가 도리어 약점으로 작용하니

이런 비극이 또 있을까

제2막 : 첫 번째 방

산 우는 소리

나무 한 그루를 파내는 것은
여간 쉬운 일이 아니다
하물며 썩은 나무라 해도 그렇다
뿌리가 물고 간 흙은 다시 돌아오지 않는다
나무는 그렇게 산을 잡아먹는다

당신은 산이 우는 소리를 들어보았는가?

인과(因果)

저기 매일 싸우는 집이 있어요
어휴 저 집은 어째 저리 난리래
하루도 조용할 날이 없네

애들은 무슨 죄야

매번 죽고 태어나잖아

어휴 그래도 저리 싸워도 사이는 좋은가 봐요
자꾸 태어나는 걸 보면

그럼 뭐해 애들이 죽어나는데
어쩌겠어요 그네들 운명이지

장엄한 대지와 바다 사이에 끼긴 미물들

세상이 고통에 가득 찬 것은
하늘과 땅이 서로 싸우기 때문인지도 모른다

고래 싸움에 새우 등 터지듯

미물은

버티다
흩어지고
터져 나간다

행복한 집

화목한 가정에 대한 환상
그것은 때때로
가족 구성원을 옥죄인다
너만 고쳐먹으면 된다는 아집과
넌 나의 소유물이라는 차별적 의식은
사람을 사람답게 하지 못한다

화목한 가정은
그 환상을 가지기 시작한 순간부터
닿을 수 없는 신기루가 되어 일그러진다

관계에 있어서 폭력과 거세
누군가에게 폭력을 휘두른다는 것은
누군가의 일부분을 소실시킨다는 것이다

우리는 전부
어딘가 거세당한 채 살아가는 것은 아닐까

그렇지 않으면 이 가슴 속 구멍을
어찌 설명할 수 있을까

숨쉬기

얼마나 많은 말들이 내 안에서
떠오르고 또
가라앉아 왔는지 모른다

언어는 시시때때로 내 안에 차올랐지만

나는
그것을 정리할 길도
붙잡아 둘 방법도 없어
그저 가라앉는 것을 보고만 있었다

붙잡아 가둘 수만 있었다면
가두어 내 것이라 내보일 수 있었다면
조금 편했을까

언젠가 깨져버릴 것이라면 차라리
지금 당장이라도 깨지는 게 속이 시원할 텐데

허리 펴기

누군가 말했다
허리와 가슴을 펴고 당당하라고
구석에 앉아 허리가 굽은 나는
흡사 등딱지가 있는 벌레 같았다

허리를 펴보았지만
썩 어울리지 않았다

굽은 허리를 애써 펴본들
나는 내가 굽은 것을 알기 때문이었다

그레고르* 씨 나는 당신이 부러워요

버티는 삶은
길어봐야 아무 소용이 없으니

---

* 프란츠 카프카의 《변신》의 주인공. 어느날 갑자기 벌레로 변했다 결국 등에 사
  과 조각이 박혀 죽는다.

야생

누군갈 배제하고 살아가는 삶은 폭력적이다
우스운 건
나에게 가해지는 폭력에서 벗어나고자
나 또한 타인을 배제하려 하고
그것이 합리적이라고 생각했다는 사실이다

난 폭력을 혐오하면서도
폭력의 가해자였다

그들을
타인을 배제하고 살 순 없는데

같이 살아가야만 하는,
손잡고 가야 하는 세상인데

무지하고 계몽시켜야 하는 존재로 보거나
말이 통하지 않는 어리석고 편협한
그냥 상종하지 않는 게 편한 존재들로

그렇게 치부하고 살아가려 했다

주제 파악해 네가 누굴 걱정해
그냥 무시하자 너는 너만 잘하면 되는 거야 하면서

내가 모두를 포용할 순 없다

살기 위해 나는
야생이어야만 하는 것이다

밥

한주먹거리도 안 되어 보이는 작은 뭉텅이는
비쩍 마른 채 털을 세운다
집 밖에 나가면 고생이라는데
너는 왜 밖에서마저 맘고생이니
밥이라도 먹고 배라도 채우면 좀 나아질까
스무 발자국 뒤로 떨어져 있을 테니
맘이라도 편히 먹으려무나

뭉텅이는 어둠 속에서 요요히 눈빛만 빛낸다

암석처럼 굳은 채
그림자가 된다

그래
날 미워하렴
경계하렴

그게 네가 살 길이란다

세상을 녹이는 비

비가 오면 세상은 녹아내렸다
사람들은 언제 비가 내릴지 불안해했다
내리는 비는 막을 방도가 없었으므로

우리는 언제든
사라질 가능성을 안고 있는 존재인 것이다

자신의 죽음을 예측할 수 없는 것은
당연한 이치라지만

어느 순간이고 사라질 운명이란
서글프기 그지없다

거식증을 앓는 여자를 상상하며

일상은 언제나 무료하기 짝이 없었습니다
이 무료함은 언제쯤 끝을 맞이할까요

가느다랗다는 몸뚱이였지만 언제나 제게 그것은
두둑한 살점으로 보였습니다
그저 부피가 줄고 줄어서
이 세상에서 차지하는 면적이 줄었으면 했습니다

나의 팔과 다리는
쓸모없이 두껍기만 하고
부피를 차지하고 있는 것처럼 보였습니다

쓸모도 없는 몸이
괜스레 많이도 세상을 차지하고 있는 건 아닌지
의심스러웠습니다

어느 때는 남들만큼도 되지 못하게 가느다래 보였는데
우악스럽지도 않고 힘아리도

없어 보였습니다

누구에게도 이기지 못할 것처럼 보여 썩
마음에 들지 않았습니다
쓸쓸했지만
한편으론 다행이었습니다

저의 몸은
그다지 면적을 많이 차지하는 편이 아니었으니까요

그 면적을 조금이라도 더 줄이고 싶었다면
이 모든 것이 설명될까요

단지 그뿐이었습니다

딱지들

존재(存在), 생명에 붙여지는 딱지들
어떤 생명에는 식용이라는 딱지가
어떤 생명에는 애완이란 딱지가 붙는다
처지는 다르지만
딱지가 붙은 목숨이란 것에는 차이가 없다

우리도 그렇다
자식 부모 등 수 많은 딱지들
우리는 왜 역할의 딱지를 붙일까

주체는 스스로에게 딱지를 붙이지 않는다
사회적 약자에게 딱지를 붙인다
딱지 붙이기는 권력관계이자 정치적 행위다

그런데 하나의 딱지가 또 있다
이름이라는 딱지가

꼬리 자르기

"그래도 그 사람 사실 좋은 사람이야"라는 말은
인간이 어떤 단일한 표상을 가진 개체라고
착각하는 데서 나온 것일지도 모른다

다층적 존재가 아닌
하나의 존재로 파악하는 것은
'하나'의 환상

환상은 실제를 가리고(시뮬라크르*)
문제를 보지 못하게 한다

그러한 심리는
불편한 단면을 보고 싶지 않아 하는
폭력을 은폐하고자 하는 데서 기인한다

이는 물론 심한 일반화이다

*   보드리야르 이론의 핵심 개념. 원본 없는 이미지가 현실을 대체하면서 현실보
    다 더 현실적인 것이 된다는 것을 뜻한다.

수많은 '나'를
특정한 '나'로 규정하는 것
수많은 '나'를
일부가 아닌 '예외적 상황'으로 치부하는 것

여기도 저기도 모두
도마뱀뿐이다

나도 곧
도마뱀이 되겠지

아니면
이미 꼬리 잘린
도마뱀일지도 모른다

겁 많은 도마뱀이 아직까지 꼬리가 있을 리가 있나

어떤 예민함

주관을 하나의 잣대라던가
진리의 기준치로서 타인에게 강요할 때
그것은 독단이 되고
기만이 되고
폭력이 된다

가끔
말을 하면서도
내 목소리에 깜짝 놀라는 경우가 있다

내 의도와 생각보다 훨씬 더
차갑고 무감각하고 예민하면서도
날카로운 음성은 도리어 나를 찌른다

그럴 때면 말을 하면서도 걱정이 앞선다
상대방이 느꼈을 날카로움을

차라리 말을 하지 않는 게 답일까?

말을 하지 않는다고 상처를 주지 않는 것도 아닌 것을

눈빛으로 표정으로 손짓 하나로도
위압감이나 상처를 줄 수 있다
하다못해 내가 남긴 글귀 하나까지도

최악의 존재인 나는
내적 혐오감에
어떤 것도 하지 않는 것을 상상한다

하지만
어떤 것도 하지 않는 것은
애초에 불가능한 것이기에

결국
무의미로 귀결하는 것인지도 모른다

비극

"그건 아니지"
당연하게 생각했던 것들이 너무도 많았다

내가 당연하게 생각하고 내뱉었던 말들은
얼마나 근거 없는 자신감이었고
허황된 것이었던가

이제는 내가
무엇을 이야기할 수 있을까
경계가 모호해지고
내가 할 수 있는 말들은 줄어든다

결국 내가 뱉을 수 있는 것은
온전히 나의 영역밖에 없다는 것을

나는 나로부터 영원히
도망칠 수 없다는 것을

* * *

아

이것이 인간의 비극이 아니라면

무엇을 비극이라 할 수 있을까

백조와 흑조

콩 심은 데에 콩 나고
팥 심은 데에 팥 난다 했더랜다
누가 봐도 똑 닮아서
그런 줄 알았더랜다

닮은 곳을 찾는 만큼
다른 곳을 찾는 것도 쉬워졌다

어쩌면 우리는
평생을 이해받지 못할지도 모른다
그리 할 수 없을지도 모른다

때 묻은 것도, 상처 입은 것도, 병든 것도 아닌
이 자체가 나인 것을
애써 모른 체 한들 무엇이 나아질까

홀로 이 물 위에 총총 떠다니는 수밖에

오리너구리가 말을 할 수 있었다면

오리너구리가 사람 말을 할 수 있었다면
아마 욕쟁이였을 테다
그 존재가 세상에 알려질 때

그토록 수많은 의심과
증명 요구에 시달릴 줄 알았더라면
차라리 존재를 들키지 않았더라면
끊임없이 증명당하며 고통받을 일도 없었을 텐데

죽임당해 사체마저 박제가 된 이후에서야 비로소
실존함을 받아줌을

존재증명이란 그런 것이다
이미 존재함을 증명할 이유도 없이 증명해야만 하는
모욕과 치욕

그 자체로는 받아들이지 않겠다는 커다란 벽의 존재

오리너구리는 아마도
욕을 하다 말을 잃어버렸으리라

아홉수

나이를 먹는다는 것
20대가 아니게 된다는 것
30대가 아니게 된다는 것
40대가 아니게 된다는 것
'인생의 한 막이 끝났구나' 하는 어떤 깨달음
다시는 이전으로 건너갈 수 없다는 슬픔
10년의 파도에 다시 몸을 맡겨야 하는
고기의 여정

아 멀기도 멀어라

10년이면 강산이 바뀐다는데
그쯤 되면 나도
뭔가는 되어있겠거니

얼굴에 홍조 띨 날을 기다려 본다

몽돌

반질반질 작고 예쁜 돌
너는 몇 살이니
또 옆에 너는 몇 살이니
너희는 얼마나 많은 파도에 시달려 왔니

벗어날 수 없는 운명 때문인지
너무나 많은 고난을 겪어서인지
깎일 게 아직 더 남았는지

여즉 울어대는구나

자르르르륵 자르르르르륵
공기돌 굴러가는 것마냥 부드러운 비명이로구나

평생을 질러도 알아주지 않을 텐데
그냥 모난 채로 살지 그랬니

꿈

모래 알갱이가 피부를 스치는 감각을 느낀다
툭
툭
빠지는 다리를 끌어올리며
저 멀리 보이는 냇가를 향해
짐덩이가 된 몸을 잡아끈다

몸이 이렇게나 무거운 것이었던가
버스럭거리는 목을 부여잡는다

증발해버린 꿈은 어디로 가버렸을까
저 하늘이 떨어져 손에 고이기를
납작한 몸에 자유를 선사해주기를

푸르른 이곳은 나의 무덤일지니
아 명당이구나 호상이다

제3막 : 두 번째 방

시끄러운 시집

어디선가 매미가 운다
아 제발

쉿, 조용히

저들도 할 말이 있겠지
다 울고 나면 조용해질 거야

매미는 저렇게 울고 나면 죽는대
그러니 침묵을 기다리자

일상

삶의 궤적
일정한 삶의 궤적을 그리며
그 안에 있는 사람들
각각의 삶의 결을 따라 존재하는 사람들

내가 어떤 삶을 살아가느냐에 따라
달리 만나는 사람들

일상이란 그런 것이다

내 삶의 궤적에
접점이 있는 사람들과
그 삶의 결을 만나는 것

공범

내가 하지 않았다 해서
그것에 대한 책임이 없는 게 아니다

침묵하고 방관하는 것은 방조이며
그것을 이유로
내게는 책임이 없다고 주장하는 것은

스스로가
겉으로 드러나지 않은 공범이라는 걸 드러내는 꼴이다

자
그럼 나는 얼마나 많은 일에 연루되어 있을까?

파편-1

인간의 도덕성에 대한 최대의 변수는
나를 보호하고 있거나
나보다 높은 사람의 요구가 있을 때
자신의 신념이나 양심은 꺾인다는 것

영화 '더 리더'에서 한나는 말한다
그렇게 행동했던 것은 그렇게 해야 했기 때문이라고
나는 그 일을 하는 사람이었고
그게 내 역할이었으므로

그러니까
어쩔 수 없었다고

환경 권위 관계에 의해
인간의 도덕성이 얼마나 쉽게 무너지는지
우리 자신은 알지 못한다

인간으로서 제대로 된 삶이란

❊ ❊ ❊

적어도 자신을 부정하지 않는 삶이지 않을까

은어 떼

행성들이 이동하기 시작했다
사실 행성들은
귀소본능이 있어서
3천 광년에 한 번씩
그들의 고향으로 결집한다

이 시기에
대규모 은하계 이탈, 집합의 모습을 관찰할 수 있는데
이는 마치
은어 떼와 같은 모습이다

나는 이 거대한 흐름 안에 있었다
사람들은 저마다
어딘가를 향해 미친 듯이 헤엄치고 있었지만
그들의 방향에는 차이가 없어 보였다

나는 이 흐름이
무엇을 그리고 어디로 향해 가는지

알 수 없었지만
이 빛나는 무리에서 이탈하는 게 두려워
그저 헤엄만 계속 쳤다

헤엄이 나를 삼키고
폭풍 같은 흐름이
나를 삼켰다

심해에는
언제쯤 도착할까

초록 법정(法庭)

어느 날
잎사귀의 초록들이 내게 물었다

너는 왜
우리를 하나로만 칠했느냐고
날 보지 못한 거냐며
무시한 거냐며
책망 어린 시선을 던진다

사방에 있는 초록이 나의 대답을 기다리건만

나는
무어라 할 말이 없고

땅 위는 너무나 밝아
지은 죄가 많은 이 몸은
기대어 숨을 곳이 없구나

식탐

펠리컨은 탐욕스럽다
입안에 들어갈지 재어보고 될 성싶으면 삼키려 든다

정말 들어갈지
먹을 수 있는 것인지
소화가 될지 생각하지 않고
무작정 삼키려 드는 그 본능이라는 것이
한없이 탐욕적이지 않나

자기 분수와 깜냥을 알고 행동하기란 쉽지 않으니
이 거부감은 명백한 동족혐오이리라

조금만 더 겸손했으면
현명했더라면
덜 욕심부렸다면

용서할 수 없고 사랑할 수 없는 자신을 받아들이기란
힘든 일이다

못난이 새야 차라리 자신을 삼키지 그러니

작은 왕의 슬픔

어린이의 내적 세계에서의 발언권

"좋아! 네게 ○○○ 해주지!"

어린이가 인식하는 세상은 자신이 왕인
자신 위주로 돌아가는 세상이다
그 세상 안에서
어린이는 다른 이에게 발언권을 부여한다

하지만 작은 왕은 거대한 힘 앞에서
언제나 제지당한다

그렇기에
통제당하는 자신에 대한 몰이해는 슬픔이다

어린이의 세계는 언제나
호기심과 탐구에서 시작되어
제지와 통제로 끝나곤 하는 것이다

✱ ✱ ✱

늘 새롭고 신기한 것에 이끌리지만
곧 안 된다는 벽에 부딪힌다

굴러가는 바퀴에서 돌멩이를 보고 쫓아가지만
목덜미를 붙잡히고야 마는

'나' 만들기

누군가 줄을 잘랐다
인연을 교차시켜
한 줄 한 줄 명줄이 이어졌다

운명의 세 자매는 실타래를 돌릴까
뜨개질을 할까

어디 코 하나가 빠질까
틀어진 데가 있을까
모양이 퍽 보기에 좋을까
하는 생각을 해보았을까?
아니면
그것조차 운명이니 그저 움직이기만 했을까?

나는 '나'를 만들기에 여념이 없었는데
스스로는 제 얼굴을 보지 못하니
다른 얼굴에게 묻는다

그대가 보기에 나는 어떠한가요?

아 근데 당신은
저쪽에 코가 하나 빠진 거 같아요

만남

인형은 부드러운 천으로 겉을 싸매고
푹신한 솜으로 속을 채운다

말하자면
인형은 솜을 가둬둔
감옥이다

감옥 안에 갇혀
작은 눈으로 세상을 보려니
얼마나 답답할까

별것도 아닌 것에 놀라
먼저 판단하고 공격하려 하진 않을까

인형이나 사람이나 거죽으로 싸인 것은 똑같은데
어찌 내가 사람이라 할 수 있을까
사람 형체를 뒤집어쓴
무언가일지도 모르는데

가면을 쓰고 서로를 모르니 저울에 올린다
어느 쪽이 무거운지 비교한다

끝없이 끝없이
언제 수평이 맞을까
하염없이 들여다보고 있다

나는 목화솜이요 너는 팥알이니

아
같이 시소는 못 타겠구나

그렇게 또
한 인형이 멀어져간다

여우와 신 포도

여우는 자기 자신을 믿지 못했다
그의 코는 분명
달콤함과 향긋함을 느꼈으나
다리는 그만큼 뛸 능력이 부족했으니
머리는 애써 생각했을 것이다
저 포도는 어차피 어차피
시디 신 포도일 테니

먹어봐야 소용없을 거라고
내가 부족한 게 아니라
저것이 신 것이어서
욕심낼 이유가 없다고
그렇게 스스로를 속였다

하지만 분명
여우는 알고 있으리라
그 순간의 감각은 포도의 향긋함을 느꼈음을
여우는 스스로를 속임으로써

미련을 알게 되었다
가지지 못한 것에 대한 속박을 배우게 되었다

여우는 조금 더 현명해진 걸까
아둔해진 걸까

청소

그대의 빈자리가 견디기 힘겨워
나는 필사적으로
그대의 흔적을 지웠어요

그대가 눈치채지 못하도록
그대가 완전히 떠나고 난 후에
나는 청소를 시작해요

흔적이 남지 않도록
처음부터
그대가 방문하지 않았던 것처럼

그러면 외로움이 허전함이 공허함이
조금은 덜해질까요

애초부터 없었던 일이라면
힘겨울 이유가 없을 테니까요

각자의 온도

나는 당신이 생각하지 않은 것에서 예민하고
생각한 것에서는 둔감했다
그것은 때때로 우리에게 커다란 불일치를 가져왔다
나는 우리가
짝이 아닌가 걱정했다

어쩌면 우리는
각자의 바다에 사는지도 모른다

문득 이런 생각을 한다

너와 내가
저마다의 바다에서 홀로
타자와의 교류를 꿈꾸는 물고기라면
우리는 인어이지 않을까 하고

환상 속 존재인 인어처럼
서로가 연결될 수 있다는 환상을 품고 사는 종이라고

그러나 우리의 바다는
결코 섞일 수 없는 온도임을

나는
이 바다를 떠나 네가 있는 곳에 도달할 수 있을까

신호

경험은 귀납이다
하나의 경험이 쌓이고
또 하나가 쌓이고
또 하나가 쌓인다

나는 그것이 항상 두려웠다

내 앞의 너는 단지
다가올 결과를 예견하는
하나의 지표에 불과할 뿐이라고 단정 짓게 될까봐

단정까진 아니더라도 끝없이 막연한 의심을 품는다
혹시 이전과 같은 결과를 가져오는 게 아닐까?
어쩌면 이건
빨리 도망치라는 신호가 아닐까?
불안은 자꾸만 날 잠식한다

때로는

의미 없는 몇 마디에
너무도 많은 의미가 담겨있기도 하지

너는 아니라 하겠지만
그 간극을 나도 모르게 읽어버릴 땐 좀 씁쓸해져

선팅

나의 시선은 유리창의 선팅을 투과한다
나는 노을을 바라보고 해를 바라보았지만
내가 본 것은 선팅의 세계

나는 제대로 보고 있는 것일까?
나는 선팅 된 세계를 보고
현실의 해와 노을에게
선팅 된 세계이기를 강요하고 있는 건 아닐까
지워진 삶 지워진 사람들 우리의 눈에서 배제된 세계

그것은 생략
우리가 보지 못한 것
보았으나 지나쳐 버린 것
우리가 생략하고 보지 못한
지나쳐 버린
망각해 버린 풍경, 표정, 존재, 어떤 것들

생략은 칼날과도 같이 누군가를 잘라낸다

순결

사람들은 왜
처녀성의 상실을 순결의 상실로 생각할까?
그 이유는 성행위가 육체의 훼손이라 여기기 때문이다
완전한 육체가 훼손됨으로써
불완전한 육체가 되어버렸다는 사실(생각)에
여성은 죄인이 된다

그들 생각에
완전성에서 불완전성으로 이행하는 것처럼 보이는
이 과정은
일종의 '퇴보'이며 '질적 하락'이다

그러나
완전한 몸은 존재하는가?

모두 스러져갈 뿐인 존재인데

파편-2

어떤 이들(어떤 위치에서 강자)은 때로
의도적으로 피해자의 가면을 쓴다

피해자/가해자의 구도에서
책임은 대개
가해자에게 있기 때문에

피해자의 가면을 쓰고
책임을 면피하기 위해서다

나는 피해자이므로
내게 책임을 묻지 말라는
비열한 방법

색안경

"어떤 틀을 가지고 보면, 그래서는 세상도 인간도 볼
수 없어"

그 틀
내가 가지고 있던 그 틀

거기서 벗어나는 것을
벗어난 것을 나는

용납할 수가 없었다

그래서 부모가 부모일 수 없었고
내가 생각하고 있던 것에서 벗어나는 내 모습을
나로 인정할 수 없었다

이해할 수 없는 사람들이 너무도 많았던 것은
내가 친 빗금이 애초에 그들과는 맞지 않았던 탓이다

내가 가지고 있는 틀
개인의 역사성과 그에 따른 인식
그리고 폭력

개인의 역사성을 어떻게 뛰어넘을 수 있을까?

혼자가 좋아?

모두가 개인의 능력을 강조하고
그것만을 추구하는 것은

마치
남들의 도움 따위는 필요 없이
저 혼자 할 수 있다고 외치는 듯하다

사회적으로 고립된 채 추구되는 인간의 독립성이
대체 무슨 의미가 있을까

혼잣말에는
에코도 없는 법인데

경쟁사회

한 줄 서기와 경쟁의 질서
그것은 자본주의와 닮았다

줄에서 벗어나고 싶거나 다른 줄에 서고 싶지만
벗어나는 순간 내가 뒤처질 것을 알기 때문에
다리가 아파도 벗어날 수 없다

벗어나는 방법은
다른 이에게 나의 자리(일)를 맡기고 빠져나오는 것뿐

자본주의하에서 노동은 너무도 쉽게 대체된다
교체를 빌미로 착취 또한 빈번하다
숙련된 전문성은 끊임없이 요구되지만
전문가는 점점 줄어든다

대가의 지불에 박하기 때문이다

질적 하락이 넘실댄다

어디에 투자해야 하는지
어디에 선택과 집중을 해야 하는지
모두가 모른다

최대한의 효율을 추구하는 가치체계에서
오히려 효율을 저하시키는 순환이 이뤄지는
모순적 상황이 끊임없이 벌어진다

뒤로 감기 불가능

되돌릴 수 없는 사회
다시 시작할 수 없는 사회라 한다

한번 정해지면 되돌릴 수 없고
다시 시작하고 싶어도

그렇게 된 건
예전 너의 행동
인과응보
스스로 초래한 결과
불만 가지지 말라는
입 다물란 분위기
가혹하고 매몰찬 사회

주변의 모든 사람이
난 너무 늦었다
실패했다 한심하다 되돌릴 수 없다 앞이 캄캄하다 한다
다시 서는 것 자체가 불가능하다고

시작부터가 있을 수 없다고
이미 늦어버렸다고
이도 저도 못한 채 사망선고라도 받은 양
주저앉아 있다

끊임없이 불안에 떨며
모든 것을 개인의 탓으로 돌리고
스스로를 채찍질하는 현대인에게
단순히 '불안감에서 벗어나라'는 충고는
아무런 영향도 미치지 않을 것이다

오히려 꿈에 겨운 소리라고 무시할지도 모른다

그렇다면 이들에게 대체 무어라고 말해야 할까?

광기선망

"미쳤다!"

사람들은 천재성, 광기를 흠모하고 선망한다
하지만 광기만을 바라보면
보통의 인간을 보지 못하는 법이다

세상의 다수는
광인이 아닌 보통의 비루한 인간들
그토록 선망하는 광인도 그저
보통의 인간일 뿐이다

가끔 아주 미친 사람들이 있다
저 마법 같은 사람들 말이다

저 사람들은 언어든 글이든 외양으로든 마치 마법처럼
사람들을 홀린다
물론
그 자신도 본인의 마법에 단단히 홀려있다

세상이 신비로워 보이고 아름다워 보이는 것은
이 미친 자들과 홀린 자들이 만들어내는
환상 때문인지도 모른다

결국 광기에 대한 선망은
초월적인 어떤 존재, 영웅, 위인, 천재와 같은 사람들
만을 불러낸다

현실의 인간은 점점 더 멀어지며
일부의 세계만을 바라보게 된다

그렇게 우리는
점점 쪼그라든다

감정 읽기

사람들은
감정을 다스려야 한다고 생각한다
그러나 감정이란
인간이 삶과 부딪히면서 발생하는
지극히 자연스러운 정서적 반응이다

그것을 인간이 다스릴 수 있는가?
먹고
자고
호흡하는 것을
인간이 통제할 수 있는가?

감정은 다스려야 하는 것이 아니라
이해하는 것이다

내 감정을 과소평가하지도
과대평가하지도 않아야 한다

감정을 그 자체로 받아들일 때
인간은 당혹감을 멈추고
스스로를 냉정하게 받아들일 수 있지 않을까?

온전히 마주할 때 제대로 볼 수 있으므로

화가 넘실거릴 때

종종 뜻하는 대로 되지 않음에
"왜 내게 이런 일이 일어나는 거야
왜 이렇게 쉬운 일이 없지?"라며
한탄과 억울함을 쏟아내는 때가 있었다

나는 그럴 때마다 네가 두려웠다
삶에서 얼마건 마주칠 수 있는 불행에
너무도 쉽게 분노를 쏟아내는 게 아닌가 하고

그것은
일상적인 좌절이었고
어쩌면
그 분노는 당연한 것일지도 모른다

내겐 너무도 익숙한 좌절의 경험이
누군가에겐 분노의 원인으로 작용한다는 사실이
나의 어딘가를 쿡 찔렀다

쓸쓸한 자조는 표면 뒤로 감추고
어설픈 동정과 위로를 보낸다

물론 이 과정은 더할 나위 없이 혐오스럽다
나는 완전히 솔직하지 못한 사람이라는 것을 알기에

분노는 너무도 간단하게 허들을 넘는다

나는 그 분노가
나를 향할 때를
끊임없이 상상해보곤 한다

그게 내 마지막이 될까 하고

가시

목에 탁, 가시가 걸린다
이게 아닌데

나는 한참을 버둥거린다

잠깐만요, 저를 두고 가지 마세요
여기
아가미에 걸린 가시만 빼면 될 거 같아요

앞서가던 이는
내 목을 잡고
쓱 들여다보고선 말한다

이거 가시가 아니네
저기 저 약국 가서 약하나 달라고 하렴

떼잉 쯧!
어린 것이

목에 체를 달고 있으니 안 넘어가지!

그렇게 살면 굶어 죽어
가리지 않고 먹어야 해

그러다 이상한 거 먹으면 어떡해요?

어떡하긴
그때 죽는 거지

늦은 밤

야근
사무실의 켜진 등
불 켜진 건물
도로

반짝이는 불빛들은 마치
풍등을 연상케 한다

모두 자신의 소망 하나씩을 밤마다 걸어놓고
저마다의 소망을 태우며 산다

아 오늘은 저 집이 꺼졌네
아 오늘은 건너 동네 집이 꺼졌네
아 오늘은 우리 아랫집이 꺼졌네

누군가의 소망이
다 타들어 저물어버렸구나
너무 빨리

초를 태워버렸구나

장막

형광등 불빛을 벗어나고서야
어둠이 내려앉은 것을 실감한다

밝음 아래서 보는 어둠은
그저
저 너머 외부의 풍경에 불과할 뿐
현실감이 없다

밝음을 느끼는 것도
인지하는 것도
어둠 아래서만 가능하다

나는 어둠 속에서 저 불빛을 볼 테고
저 불빛 속의 이들은
어둠을 보고 있을 테지

가면극

인간은 항상 변화한다

우리는 매번
달라진 나를 마주한다

나는 나의 변화를 인식하고
변화한 나를 보지만
나의 모습은 낯설기만 하다

변화를 되돌릴 순 없다
인정하고 받아들이는 것뿐
수많은 나의 조각난 얼굴들

그러나 누군가는
시시각각 변하는 내 모습에
불안함과 공포를 느끼기도 하겠지

언어

언어는 표현의 도구이자 마법이라고 하지만
어쩌면
배제의 도구 혹은 수단일지도 모른다

무언가를 규정하며
대상을 외부세계로부터 분리시킨다

자
네 정체성은 여기까지야

점선을 그어놓고
그 선에 맞춰 잘라야만 칭찬받는다

그 점에서 언어는 배제적이며
때론 폭력적이기까지 한다

언어로 나타나면서 동시에
언어로 인해 소멸된다

혼돈에게 구멍 세 개를 뚫어줬더니
혼돈이 아니게 되었더라는 것처럼

언어는
대상을 보는 게 아니라
외부세계를 소멸시킴으로써 작동한다

걸러내기

시험은
써야 할 것과
쓰지 말아야 할 것들이 있다

해야 할 것과
하지 말아야 할 것들을 구분하는 건
정말 어려운 일이다

덜어내고 또 덜어내고
깎고 다듬어야 한다

말조차 되지 않는 문장을 바라보면
가만히 두 손을 눈앞에 두게 된다

해야 할 것과
하지 말아야 할 것을 구분하는 것은
어떤 경계선

무언가 저질러 버리고픈 사람처럼
내부에선
강한 일탈의 욕구가 휘몰아친다

나는 나를 가두는 걸까

그런 구분들이 나를
얼마나 옭아매고 있는 걸까

망각

통제할 수 없음에 대한 두려움
나는 운전이 무섭다
내 몸 하나도 내가 통제하지 못하는데
내 몸을 넘어선 기곗덩이를 어떻게 통제하겠는가

그런데
인생에서
내가 통제할 수 있는 것이 얼마나 되던가

그런 것들을 찬찬히 생각해보자면
통제할 수 없는 이 일상
인생은 얼마나 무서운 것인가를 생각하게 된다

인간에게 있어 통제 욕구란 무엇인가
그것은 환상인가 불안에 대한 마취제인가
아니면 통제할 수 없음에 대한 망각인가

지금은 운전을 얼추 하는 것을 보니

아마도 망각인 듯싶다

파편-3

타인을 통제하려는 것만큼 억압적이고 오만한 것은
없다
그런 점에서 나는 오만했다
언제나 타인을 통제하려 했으며
때로 나 자신도 통제할 수 있다고 믿었다

그 믿음은 얼마나 허망한 것이던가
그것은 오만한 자의 한낱 허황된 꿈
환상이자 내 안의 권력욕

갖지 못한 것을 갖고 있다고 착각한 오류였으며
폭력 그 자체였다

나 하나만큼은 온전히 통제할 수 있다고 믿었건만
눈꺼풀 하나도
얼굴 근육도
내가 원하는 대로 움직일 수 없다

� � �

나는 돈키호테*였구나

*   미겔 데 세르반테스의 《돈키호테》의 주인공. 환상과 현실이 뒤죽박죽되어 여러
     사건을 일으키는데, 말을 타고 풍차를 거인이라 생각해 무모한 습격을 벌이기
     도 하는 인물이다.

중력

삶의 통제감은 안정감을 준다
그러고 보면 이 통제감은
중력이라고도 할 수 있을 것이다

내 삶을 통제하는 만큼
나는 안정감을 느낄 것이지만

반대의 경우
한없이
공중에서 부유하는 자신을
볼 수 있기 때문이다

나는
통제력을 상실한 만큼
지면에서 떨어져 있었고
그만큼 무중력 상태에 가까웠다

지면에 발이 닿고 싶었다

나의 통제력을
중력을 회복하고 싶었다

오직
나의 통제력만이 나를
현실에 발붙이게 할 수 있음을

그래서 나는 종종
지면에 닿을 때마다
못을 더 쾅쾅 내리친다

깊게 깊게 박히라고

무게추

때때로 찾아오는 우울은 지독해서
아무것도 하지 못하게 만든다
자칫하다간 정말 무기력해질 것 같아서
이겨보려 이런저런 일들을 하지만

분신인 듯
그림자인 듯
다시 찾아오는 것을 보면 썩
이겨내는 것도 아닌가 보다

이럴 때 보면 나는 너무 나약한 인간이라 느낀다

시시포스*의 고난처럼
굴려도 굴려도 끝이 없다

괜찮아

---

* 그리스 신화에서 잔꾀를 부리다 저승에서 무거운 바위를 산 정상으로 밀어 올리는 영원한 형벌에 처해진 인물이다.

다시 하면 되지
여기는 시간이 멈춰있으니 다시 하면 될 거야

시시포스는 또다시 마음먹는다

겨우 이런 아픔 가지고 엄살 피울 수는 없다고

내게 주어진 형벌에
나약해질 순 없다고

우울

나는 더 이상 책을 읽을 수 없었다
아니, 정확히 말하자면 텍스트로 된 언어들이었다
왜냐면 내 머릿속에 너무 많은 말들이
뒤죽박죽 뒤섞여 끝도 없이 돌고 있었기 때문이다
그 말들은 언어가 되지 못한 채
웅얼거림으로 내 공간을 차지하고 있었다

흘러갈 줄 알았던 무언가는
쌓이고 쌓여 먼지로 변했다

나는 청소하는 방법을 모르기에
먼지는 딱딱히 들러붙어
일부가 되어버렸다

누가 내 먼지 좀 치워주세요
말하고 싶지만
무엇이 먼지인지는 나만이 알고 있으니
스스로를 깨부술 수밖에

시간여행으로의 초대

"만약 지금의 기억을 가지고 과거로 되돌아갈 수 있
다면 되돌아가실 건가요?"

"아니요 만약 그렇다면 저는 시행착오는 덜 하겠죠
하지만 지금의 저이기에 놓치는 것들이 있을 테고
지금의 기억을 가지고 가는 건
지금의 연장선을 사는 것이지
그 시기를 사는 게 아니니까요
만약 되돌아간다면 전 모든 걸 잊을 거예요"

"그럼 똑같지 않나요?"

"그러니까 막연한 바람이죠
만약 그렇게 된다면
후회하지 않을 좋은 선택을 했으면 하는 바람"

제4막 : 밖으로

안개 사이로

눈물을 흘리는 두 사람
아깝다는 사람과
함께 있어 눈물이 난다는 사람

같은 것을 보며
같은 눈물을 흘리는데도
다른 생각을 한다

어떤 생각과
어떤 개인의 역사를 가지고 있느냐에 따라
이것이 보이고 저것이 보이기도 한다

안개가 걷히고
모습이 드러나는 마추픽추

분명히 그 자리에 있었으면서도
있는지조차 알 수 없었던

보이지 않던 것이
안개가 걷히자
그 모습을 드러낸다

우리의 인식도
그렇게 한 겹
걷어내면
있는지조차 몰랐던 새로운 무언가가
홀연히 나타나게 될까?

세상 연출하기

시선
어떤 눈으로(관점으로) 보느냐에 따라
생략되고 배제되는 지점이 다르다

즉, 우리가 인식하고 경험하는 세계는
그 자신의 눈에 달렸다

시선과 각도
한 끗 차이로 명작과 졸작으로 나뉜다

항상 다른 시선으로 보려는 노력이
차별성을 만들어내고 개성이 된다

이 복잡하고 울퉁불퉁한 세계
모든 것이 뒤섞여 혼란한 세계를
내가 이해하는 방식으로
내가 바라보는 방식으로
재현, 표현, 그려내는 것

❈ ❈ ❈

그런 점에서
모든 음악, 문학, 언어, 글들은 추상적이다

세계에서
내가 이해하는 본질만을 뽑아낸 것이기 때문이다

다층적 세계의 추상화
그것이 바로 모든 표현의 본질이다

철학과 관상

나잇살, 늘어가는 주름, 늘어진 피부, 축적된 지방

삶의 불순물, 쌓여간 찌꺼기들
희로애락과 수많은 인연들
권태, 느린 변화, 돌아가지 않는 시간

인간의 나이 듦은 그 자체로 삶을 응축한다

그래서 우리는
누군가의 얼굴 혹은 외면을 보고서
쉽게 그 누군가의 삶을 짐작하고
평가하고
재단해버리는 우를 범하기도 한다

얼굴의 형상을 보고
그 얼굴에서 그 사람의 결을 읽어내는 것을
관상술이라고 한다면

철학은
얼굴이나 형상이 아닌
질문을 통해
삶의 결을 읽어내는 것이 아닐까

거울 마주하기

상대방에게 화가 나는 것은
그에게 본인을 투영해서 보기 때문이다

상대에게서 뒤집어진 내 모습을 본다
내가 화나는 것은
상대방이 나의 어떤 부분을 건드리기 때문이다

여유 없고 조급한 내가 보여서
게으른 상대방을 용납할 수 없는 것이다

다짐

당연한 것에는 감사하지 않는다
당연한 것은 의무와도 같다
당연하게 무언가를 해야 하는 사람으로
무언가 해야 하는 의무가 있는 사람으로 취급되는 것은
얼마나 부당한가

당연하지 않기에 감사하고
당연하지 않기에 당연함으로부터 해방시키려는
그런 노력이 필요하다

함께 하지 않을 수 있음에도 불구하고
생의 일부를 떼어 나와 교류하니
이 얼마나 큰 은혜인지

은혜 갚는 까치는 되지 못해도
보따리장수만큼은 되지 말아야겠다

무게

서로에게 고마워하고 감사하는 것은
충분히 아름다운 일이지만
그 반대가 꼭
잘못된 것만은 아니다

너는 내게 뭔가를 해줘야만 하는 존재가 아니기 때문에
어쩌면 이것은
뭔가를 함으로써
자신이 인정받고자 하는 심리일지도 모른다
아무것도 해주지 않아도 괜찮다
필요한 것은 배려이지 보살핌이 아니다

스스로를 보살피는 것은 기본적으로
자신의 몫일 수밖에 없으며 자신이어야만 한다

나라는 주체는 결국
타자와 분리된
홀로 세계에 던져져 살아남을 수밖에 없는 존재이므로

타자는 언제고 항상
내 곁에 있지 않으며 반드시 떠난다
죽음까지 내 삶과 함께하는 것은 오직 나 자신뿐이다

그래서 내 어깨에 거침없이 기대어오는 네가
버거웠는지도 모른다

엉켜 붙어 서로를 받치는
두 나무가 되기엔 무리라고 여겼으므로
우리의 뿌리는 너나 할 것 없이 부실하고
메마르기 짝이 없었으므로

나는 네 무게를 느끼며
밑동이 드러난 채 쓰러져버리진 않을까
항상 발가락에 꾹
힘을 주곤 했다

욕심쟁이

나는 항상 강하고 싶었다
약하면 지는 거니까

어느 것이든 항상
'진정한 강함'을 말한다

육체의 강함과 정신의 강함
누구에게도 지지 않고
쓰러져도 다시 일어나 앞을 보는 끈질긴 생명력

그것이 멋진 것이라고 자꾸 말한다

근데, 왜 항상 강해야 해?
왜 항상 이겨야 해?

'지지 않는 나'에 대한 열망(갈망)은
내 삶의 통제권, 권력을 회복하려는
무의식의 영향이 아닐까

끊임없는 외부의 공격으로부터 나를 지킬
권력에의 욕망

모두 권력을 쥐고 싶구나
욕심부리고 있구나

.

품격

나이가 면죄부가 되거나 허용증이 될 수는 없다
나이의 많고 적음에 따라 그 행위가 당연시되거나
용서될 수 없다

살아온 세월이
가치판단의 잣대로 기능해서는 안 된다
그것은 어리석은 짓이다
그러나 적어도
세월에 따른 예의는 있어야 한다

그리고 그것이
나이에 맞게
위치에 맞게
자리에 맞게 사는 것이지 않을까

다른 얼굴

우리는 항상 누군가와의 상호작용 속에서 살아간다

그것은 결국
누군가의 테두리 안에 내가
갇혀있을 수밖에 없다는 것

나의 테두리가 되지 마세요
날 가두지 마세요
새장 속에 갇혀 죽고 싶지 않아요
내가 먹을 수 있는 것을 주세요

보세요
저는 당신과 다른 얼굴을 하고 있답니다

나쁜 선의

빗방울은 얼핏
깨끗하고 순수해 보이지만
그 안에 많은 불순물들을 포함하고 있다

순수한 의도는 때로
많은 것을 감추고
해를 불러오기도 한다

용서하지 않을 권리

마땅히 해야 할 일을 잘 수행하는 것이 얼마나 어려운지
잘 알고 있다

그가
도덕적으로 완전무결한 인물이 아니고
그럴 수도 없다는 사실을 충분히 알고 있다
그의 잘못은 충분히 있을만한 일이었다

그러나 그가
도덕적으로 완전무결할 수 없다고 해서
그를 용서해야만 하는 것은 아니다
나는 타인을 마음 넓게 용서하고 포용하는
그런 인간이 아니다

그래서 나는 구태여
억지로 용서하지 않으려 한다

나 또한
도덕적으로 완전무결하지 않은 인간이므로

적어도 이 일에 있어서 용서는
지극히 내게 주어진 권한이다

누군가를 미워하는 일은
지옥에 사는 것이라고 하지만
미워하지 않아도 용서하지 않으면 되는 거니까

만일 용서하지 않음이 미워함이라면
나는 차라리 지옥에 떨어지겠다

그게 인간적이지 않은가

어른

"언니야"라는 말

어른이란 환상
어른은 존재하지 않는다

그들은 그저 살아왔고
어느 순간 부모를 잃고
부모가 된 한 사람일 뿐이다

그 과정에서 어른이란 존재하지 않으며
이들은 어른보단
성장기 아이에 가깝다

그들의 시간은 언제나 그들 자신에게 현재진행형이
므로

미성숙

자아가 공고할수록 우리의 가능성은 줄어든다
가능성은 되지 못한 어떤 것일 뿐 완성이 아니다
그래서 우리는 아이를
가능성과 동시에 미성숙으로 보는지도 모른다

그러나 결국 우리의 끝은
아이와 다르지 않게 미성숙이다

일생 동안
여러 갈래의 가능성이 하나씩
소실되어가는 것이기에

신발 끈

신발 끈을 예쁘게 묶는 다양한 방법을 보며 생각한다
저건 포장이 아닌가
패션의 완성은 신발이라던데
발끝까지 자신을 포장하라는 것과 진배없지 않나 싶다

취향이나 개인의 미감(美感)을 넘어
사회적 격식으로 굳어질 때
그것은 권력의 또 다른 형태이지 않을까

커피 내리는 방법

원두를 잘게 분쇄할수록 커피는 천천히 내려진다

잘게
잘게
쪼개서
오래 거르고 내리는 만큼 진하다
언어도 그렇다

들어온 대로 내뱉지 않고
머금고 곱씹었다가 내리는 말은
그만큼 무겁고 양이 적다

너무 오래 우리면 되레 망친다는데
적당히 머금고 뱉는 것이 쉽지 않구나

불안과 함께 사는 법

심장이 항해를 준비한다
둥
둥
북소리를 울린다
내 심장을 치는 것은 누구인지 보이지 않는다

저기요
누구신데 제 심장을 그렇게 두들기시나요

저는 지금
출발하고 싶지 않아요

귓가에서 소리가 둥둥 울리고
밧줄이 팽팽해지듯
어깨와 명치가 조여든다

자잘한 진동은 아무것도 아니라며
누군가 호통을 친다

나는 결국
파도에 휘말려 오늘도 항해를 떠난다

목적지가 어딘지도 모른 채

현명한 기버(Giver)가 되는 법

누구도 받은 만큼 베풀 수 없다
베푸는 것은 의무가 아니므로

누가 나에게 베풀었다면
무엇을 어떻게 베푼 건지
그 의미를 이해하고
자신도 누군가에게 나눌 수 있어야 한다

받은 줄도 모르거나
알면서도 받기만 하거나
외면하는 사람이 아니라

자기가 무엇을 받은 건지 알고
감사하고
이를 나누고자 하는
의지가 있는 사람에게 베풀어야 한다

아무에게나 마구 베푸는 것이 아니라

사람을 거르는 용도가 아니라

어떤 흐름

뱀은 힘든 일이 있을 때마다 땅을 팠다. 호미를 들고 온갖 이름 모를 잡초들을 뜯고 캐다 보면 시간 가는 줄을 몰랐다. 오늘 내가 이놈들 다 뽑는다! 묘한 고양감과 쾌감에 취해 죽어라 땅만 파고 다녔다. 한참을 그러다 흠뻑 젖은 얼굴을 닦으며 시간을 죽였다. 막막함도, 두려움도 불안함도 모두 땅속에 파묻었다.

말은 청소를 했다. 바닥이건 싱크대건 화장실이건 아무렴 상관없었다. 하나하나 박박 씻어서 문질러 닦고 나면 내 묵은 때를 벗긴 것 마냥 시원했다. 분명 잘하려고 했는데, 잘되고 있던 것 같았는데 왜 이렇게 일이 꼬이는 건지. 원망과 자책을 닦고 또 닦아 흔적을 없애기 바빴다.

원숭이는 일탈을 했다. 원숭이에게 일탈은 하지 않던 일들을 해나가는 것이었다. 어울리지도 않게 그물망을 펼쳐놓고 뭐 하나라도 걸리기를 기다렸다. 너무 작은 그물망이었다는 것이 문제였다. 원숭이의 그물망으

❀ ❀ ❀

론 어느 것도 잡을 수 없었다.

개는 아주 깊은 잠을 잤다. 끝없이 아픈 몸은 보여주고 싶지 않고, 필요한 것은 회복이니 가장 현명한 선택이었다.

용은 이무기가 되었다. 누군가 하늘을 보고 이무기라 외쳤는지, 땅에 묶여 승천하질 못한다. 이미 지난 일은 받아들이기로 한 것인지, 아니면 자신이 이무기라 믿고 있는 것인지. 용은 입이 무거워 속내를 알기가 어렵다. 하지만 외롭겠지? 누구 하나 옆에 있으면 좋을 텐데.

그렇게 모두 홀로 커왔다.

열심과 욕심

마음을 장작 삼아 열심히 태웠다
할 줄 아는 것은
태우는 것뿐이었으므로

부지런히 태우다 보면
뭔가 하나쯤은 되겠지
나는 부족한 사람이니까

남들보다 많이 태워야
남들만큼 할 수 있을 거라는 믿음과
많이 태운 만큼 많은 재가 남을 거라는 믿음이
작은 농부를 지배했다

빨래를 해도
하얗게 더 하얗게

그저 얼룩 하나 없애려던 것이
새하얀 표백으로 바뀌었다

옷감이 다 삭아버린 줄도 모르고

어리석구나 아이야
배반은 믿는 자의 숙명이란다
믿음으로 행함만큼 어리석은 게 또 있으랴

분갈이

양지바른 곳을 내내 찾아다녔다
여기가 좋을까
저기가 좋을까

발바닥에 있는 뿌리 한번 내리려고
온 동네 온 산천을 돌아다녔다

내 뿌리는 매번 시들기 마련이라
이렇게 살겠거니 싶어도

남들 잡은 자리는 싫어서
부득부득 내 자리 찾으려는 욕심에 떠돈다

내 죽을 자리가 내가 살 자리요
오다가다 마주치면 인사 한번 건네주오
잘 지낸다 말 한마디 해보고 싶소

시끄러운 시집

초판 1쇄 발행   2024. 10. 15.

지은이   윤고은
펴낸이   김병호
펴낸곳   주식회사 바른북스

편집진행   박하연
디자인   양헌경

등록   2019년 4월 3일 제2019-000040호
주소   서울시 성동구 연무장5길 9-16, 301호 (성수동2가, 블루스톤타워)
대표전화   070-7857-9719 | **경영지원**   02-3409-9719 | **팩스**   070-7610-9820

• 바른북스는 여러분의 다양한 아이디어와 원고 투고를 설레는 마음으로 기다리고 있습니다.

이메일   barunbooks21@naver.com | **원고투고**   barunbooks21@naver.com
홈페이지   www.barunbooks.com | **공식 블로그**   blog.naver.com/barunbooks7
공식 포스트   post.naver.com/barunbooks7 | **페이스북**   facebook.com/barunbooks7

ⓒ 윤고은,.2024
ISBN   979-11-7263-740-8 03810